Lilly Block

Briefe an Gero

Lilly Block

Briefe an Gero

Bibliografische Information der Deutschen Nationalbibliothek: Die Deutsche Nationalbibliothek verzeichnet diese Publikation in der Deutschen Nationalbibliografie; detaillierte bibliografische Daten sind im Internet über www.dnb.de abrufbar.

ISBN 978-3-7448-7247-8

Herstellung und Verlag:
BoD – Books on Demand, Norderstedt

Covergestaltung:
Lilly Block mit BOD Easy Cover

Einfach nur am Meer sitzen, das Streicheln des Windes und Deiner Hände auf meiner nackten Haut spüren …

Bank auf dem Deich

Spätsommer. Die Tage sind schon kürzer, doch abends ist es noch immer wunderbar warm.

Du sitzt am Deich auf einer Bank, schaust nach Westen über die Nordsee, wo die Sonne in weniger als einer Stunde untergehen wird. Das T-Shirt hast Du ausgezogen, genießt Sonne und Wind auf Deinem sonnengebräunten Oberkörper. Deine Arme sind seitlich ausgestreckt, die Hände liegen auf der Rückenlehne der Bank.

Du genießt die Ruhe fernab der Menschen, hörst den Wind, das Meer und die Stimmen der Vögel.

Plötzlich legt sich ein dunkles Tuch über Deine Augen. Du erschrickst, willst Dich wehren.

In diesem Moment hörst Du meine Stimme: „Lass die Hände auf der Bank liegen, ich möchte Dich verwöhnen."

Du entspannst Dich etwas, spürst, wie ich das Tuch festbinde, damit Du nichts mehr sehen kannst. Dann spürst Du, wie ich ein weiches Seil um Dein Handgelenk schlinge. Nacheinander binde ich Deine Hände an der Rückenlehne der Bank fest.

Du siehst nichts mehr, bist neugierig.

Die Geräusche werden intensiver, aber Du kannst nicht ausmachen, wo ich mich gerade befinde.

Dann spürst Du meine Hände auf Deinen Schultern. Sanft streiche ich mit meinen Fingerspitzen über Deine Schultern, lasse sie dacht über Deinen Rücken gleiten.

Ich stehe hinter Dir, stecke meine Nase in Dein Haar. Du riechst so gut.

Ich küsse Deinen Nacken, fahre dann mit der Zungenspitze leicht an Deinem Hals hinunter, während meine Hände Deine Schultern und den Oberkörper sanft massieren.

Wieder und wieder spürst Du meine Zunge und meine Lippen auf der weichen Haut Deines Halses. Ich berausche mich an Deinem Duft.

Meine Hände wandern höher. Ich streiche noch einmal leicht mit den Fingerspitzen über Deine Schultern.

Dann lasse ich meine Hände langsam nach vorne wandern. Die Finger erkunden Deine Brust, streicheln jeden Zentimeter. Meine Lippen gleiten über Deine Schultern, überraschend beiße ich leicht hinein. Du stöhnst kurz auf und ich lache leise in Dein Ohr.

Keine Angst – außer den Schafen, die hier weiden, den Vögeln, die weit entfernt sind, und mir kann Dich niemand hören oder sehen.

Meine Hände setzen ihre Forschungsreise fort, gehen tiefer. Ich fühle die weiche Haut Deines Bauches unter meinen Fingern, bewege sie noch ein kleines bisschen tiefer, bis ich sie ein Stückchen in Deinen Hosenbund stecken kann.

Meine Nasenspitze streicht über Deine Schultern. Du riechst nach Sonne, Salz und Meer. Ich liebe diesen Duft. Er erregt mich.

Ich merkte, dass Du mich anfassen möchtest. Aber Du kannst es nicht, weil ich Deine Hände festgebunden habe. Das gehört zum Spiel. Sei passiv und lass es geschehen.

Im nächsten Moment nehme ich meine Hände von Deinem Körper, beobachte, wie Du darauf reagierst.

Du wirkst irritiert. Ich weiß – Du versuchst gerade herauszufinden, wo ich bin und was ich als Nächstes vorhabe. Aber so leicht mache ich es Dir nicht.

Auf dem Weg zum Deich hatte ich am Weges-
rand ein paar Gräser gepflückt. Nun fahre ich
mit der Ähre eines Fuchsschwanzes leicht an der
Seite Deines Halses entlang und danach über die
rechte Schulter.

Inzwischen habe ich die Bank umrundet und
stehe vor Dir. Ich verrate es Dir, indem ich mit
den Händen von Deinen Knien über Deine Oberschenkel nach oben streiche. Deine Hose wird
eng. Ich sehe, dass Dein kleiner Freund gern raus
und mitspielen möchte. Aber er muss noch eine
Weile lang in seinem Gefängnis bleiben.

Ich setze mich auf Deine Oberschenkel. Meine
Hände berühren Deinen Bauch. Ich erkunde jeden Zentimeter dieser wunderbar weichen Haut
mit kreisenden Bewegungen, spüre, wie ich dabei feucht werde. Immer wieder beuge ich mich
vor, um Dich auch zu küssen.

Langsam wandern meine Hände höher zu Deiner behaarten Brust. Ich freue mich darüber, dass
Du sie nicht rasierst, stecke meine Nase zu gern
in diesem Wildwuchs. Du riechst dort nach San-
delholz.

Es kitzelt ein bisschen, während ich die Augen
schließe und mich an Deinem Duft berausche.
Dabei streichen meine Daumen sanft über Deine

Brustwarzen. Die kleinen Nippel sind ganz hart geworden. Ich rutsche ein Stückchen auf Deinem Schoß nach vorne, wo noch jemand ganz hart geworden ist. Aber einen kleinen Augenblick muss er noch warten.

Ich streiche sanft mit dem Zeigefinger der rechten Hand über Deine Lippen. Du versuchst, meinen Finger zu fangen, aber das lasse ich nicht zu. Zum Glück sind Deine Hände festgebunden, so dass Du in Deiner Beweglichkeit eingeschränkt bist.

Ich nehme meine Hand wieder weg, küsse Dich auf den Mund. Meine Zunge klopft vorsichtig bei Dir an. Du nimmst die Einladung sofort an, der Kuss ist fordernd. Unsere Zungen spielen miteinander, umarmen sich.

Ich bin sicher: Wären Deine Hände jetzt frei, würdest Du mich ganz festhalten. Dann würde eine Deiner Hände meinen Busen suchen, unter meine Bluse wandern und mich so streicheln, wie wir es beide gerne mögen.

Ich überlege kurz, ob ich Dich losbinden soll, entscheide mich aber dagegen. Das Spiel ist diesmal ganz anders, aber trotzdem hocherotisch.

Ich frage mich, ob Du spüren kannst, wie feucht ich bin, denn ich habe das Gefühl, dass die Nässe, die fast wie ein Wasserfall aus mir herausläuft, Deine Jeans längst durchdrungen hat.

Ich löse mich von Deinen Küssen, steige von Deinem Schoß herunter, lasse dabei meine Hände noch einmal langsam über Deinen Oberkörper hinter zum Bauch wandern.

Dann kniee ich vor Dir und öffne ganz langsam Deine Jeans, ziehe sie ein Stückchen herunter, während mir Dein kleiner Freund hochaufgerichtet entgegenkommt.

Soll ich mich auf Dich setzen, ihn tief in mich aufnehmen?

Nein – heute möchte ich ihn nur mit den Händen und dem Mund verwöhnen und hoffe, dass es auch Dir gefällt.

Ganz vorsichtig berühre ich ihn, streiche langsam mit den Fingerspitzen an der Unterseite des Schaftes von unten bis nach oben zur Spitze. Und dann gleich noch einmal.

Ich möchte Dich schmecken, berühre ihn nun mit der Zunge. Millimeter für Millimeter wandert meine Zungenspitze über die weiche, samtige Haut.

In meinem Bauch kribbelt es. Ich muss mich beherrschen, damit ich mich nicht einfach auf Dich setze und Dich schnell tief in mich stoßen lasse.

Genüsslich lecke ich über jeden Punkt Deines Zauberstabes, berühre ihn mit der Zunge von allen Seiten. Meine Hände spielen dabei mit Deinen Hoden, streicheln sie. Und manchmal knete ich sie auch ganz sanft.

Wieder und wieder umkreist meine Zunge die empfindliche Spitze und ich schmecke die ersten Lusttropfen.

Du schmeckst so gut – weißt Du das eigentlich?

Ich wiederhole das Spiel immer wieder mit den Händen und mit der Zunge. Ab und zu stöhnst Du leise. Nun habe ich das Gefühl, dass Du kurz vor der Explosion stehst.

Ich öffne den Mund und lasse Deinen Stab tief hineingleiten. Dabei stöhnst Du laut auf. Ich sauge an ihm. Dann lasse ich ihn fast hinausgleiten. Meine Zunge spielt ein bisschen mit der empfindlichen Spitze, umkreist sie einige Male, bevor ich Dich wieder tief in meinem Mund aufnehme.

Du zitterst dabei leicht und ich weiß genau, wie gerne Du mich nun anfassen möchtest, meinen

Kopf halten und mein Haar streicheln, während Du in meinen Mund stößt.

Dann lasse ich Deinen Luststab ganz aus meinem Mund herausgleiten, stehe auf. So kann ich Deinen Bauch, Deine Brust und Deine Schultern leichter mit Händen und Mund berühren.

Du bist vielleicht ein wenig enttäuscht, hattest Dich schon darauf vorbereitet, in meinen Mund zu kommen. Dich dann habe ich mich Dir plötzlich entzogen.

Keine Angst – wir haben Zeit.

Ich umkreise Deinen Bauchnabel mit der Zunge, die Hände sind schon wieder auf dem Weg nach oben. Fast zufällig streiche ich mit den Fingern über Deine kleinen Brustwarzen, die hart und steif sind.

Nach einem langen, intensiven Zungenkuss knie ich wieder vor Dir, um Deinen Zauberstab weiter zu verwöhnen.

Dreimal streiche ich langsam mit der Zunge auf seiner Unterseite von der Wurzel bis zur Spitze, bevor ich ihn wieder ganz tief in meinen Mund aufnehme. Diesmal lasse ich ihn nicht wieder raus, sauge kräftig an ihm.

Noch einmal lasse ich ihn ganz tief in meinen Mund gleiten.

Er zuckt und Du stöhnst laut auf, während Du Dich in meinem Mund ergießt. Du schmeckst so gut, aber ich kann kaum so schnell schlucken, wie Du Deinen Saft in meinen Mund pumpst. Es gefällt mir.

Als wir beide wieder ein wenig zu Atem gekommen sind, gebe ich Dir einen langen Kuss, damit Du Dich auch selbst schmecken kannst.

Nach einiger Zeit nehme ich Dir die Augenbinde ab und kuschele mich an Deine Brust. Der untere Rand der Sonne hat grade den Horizont erreicht.

Schweigend beobachten wir den Sonnenuntergang. Es ist ein Feuerwerk der Farben. Kurz bevor die Sonne unter dem Horizont verschwindet, schimmert sie fast türkis.

Ich binde ich auch Deine Arme wieder los. Du bist dran – mach mit mir alles, was Du willst.

Dich streicheln und küssen … überall. Das Salz auf Deiner Haut schmecken. Und nachts mit Dir im Meeresleuchten schwimmen.

Treffen in der Bar

Es ist heiß, sehr heiß. Ich kann in meiner Wohnung unterm Dach nicht schlafen.

Schweiß rinnt mir über meinen Körper, sammelt sich zwischen meinen Brüsten, die glänzen, als ich meinen nackten Körper im Spiegel betrachte.

Der Schweiß läuft als kleiner Bach über meinen Bauch, verschwindet im buschigen Dreieck. Es kitzelt ein klein wenig und ich stelle mir vor, dass es die Hände eines Mannes sind, die meinen Körper streicheln und den kleinen, im Dreieck versteckten Hügel sanft massieren.

Ich glaube, Anis zu riechen. Sofort sehe ich Bilder vor mir. Ich stelle mir vor, am Hafen von La Rochelle in angenehmer Gesellschaft zu sitzen, Pastis zu trinken und den Sonnenuntergang zu beobachten.

Pastis – leider habe ich keinen in meiner Wohnung. Aber ich halte es hier ohnehin nicht aus. Ich muss raus, unter Menschen. Schnell gehe ich unter die Dusche, wasche mit kühlem Wasser den Schweiß und die Hitze von mir ab.

Dann ziehe ich ein knappes Top über. Auf einen BH verzichte ich, denn der würde mich bei der

Hitze nur einschnüren und beengen. Außerdem benötigen meine kleinen Brüste, die noch immer relativ fest sind, so eine Stütze in der Freizeit nicht. In der schummerigen Bar wird ohnehin kaum jemand merken, was ich anhabe. Dazu einen Rock. Der Teufel reitet mich, ich lasse das Höschen einfach weg.

Die Bar ist voll und verräuchert, die Luft stickig. Am Tresen ist noch ein Stehplatz frei. Ich nehme ihn mir und bestelle mir einen Pastis.

Nach dem ersten Schluck bin ich in einer ganz anderen Welt. Urlaubsfeeling. Nicht mehr das kühle, steife Deutschland, sondern Frankreich, wo man lebt und leben lässt. Im Gedanken höre ich die kleinen Wellen, die an die Kaimauer und an die Bootsrümpfe schlagen. Nein, ein Schlagen ist es nicht, nur ein leichtes Plätschern.

Offensichtlich kann man meine Gedanken lesen. Du lächelst mich an, bietest mir Deinen Sitzplatz an.

Ich schüttele den Kopf. Nicht, weil Du mir unsympathisch bist, sondern weil ich normalerweise viel zu viel sitze. Ich genieße es, einfach nur am Tresen zu stehen und mich mit Dir zu unterhalten.

Deine Augen strahlen beim Lachen. Ich möchte tief in ihnen versinken.

Dann kommt noch jemand an den Tresen. Es wird eng, er schiebt mich in Deine Richtung. Deine Hand berührt versehentlich die nackte Haut meines Oberschenkels. Es gefällt mir, doch Du zuckst zurück.

Obwohl der Störer verschwunden und wieder Platz ist, bewege ich mich nicht von Dir weg, drücke meinen Körper noch enger an Dich, reibe mich unauffällig an Dir.

Es scheint Dir zu gefallen, denn Deine Hand sucht wieder mein Bein. Sanft streichelst Du es, wirst mutiger, als Du siehst, dass es mir gefällt.

Ich drehe mich so zu Dir hin, dass ich direkt in Dein Ohr sprechen kann. Die anderen an Tresen werden neugierig. Ich sehe es an ihren Gesichtern, dass sie gern mithören und wissen möchten, worüber wir uns unterhalten. Dabei unterhalten wir uns über Allerweltsthemen – noch.

Du hast die Hand auf meine Schulter gelegt, ziehst mich dicht an Dich heran, während Du mit dem Glas in der anderen Hand zuprostest.

Dann wandert Deine Hand von der Schulter langsam über meinen Rücken nach unten, bis Du sie lange auf meinem Po verweilen lässt. Du knetest ihn sanft.

Ich spüre, wie ich feucht werde, wünsche mir, dass Deine Hand endlich unter meinen Rock wandert und Du entdeckst, was dort fehlt.

Du lässt mich los, bestellst noch eine Runde Drinks für uns beide und bezahlst gleich. Ich werde unruhig. War es das schon? Ist das schöne Spiel schon vorbei? Willst Du gehen und mich hier allein lassen?

Nein – Du reichst mir einen Pastis rüber und prostest mir zu. Dann bewegt sich Deine freie Hand wieder zu meinem Po.

Ich genieße es und erzähle Dir verrückte Dinge, meine Lippen direkt an Deinem Ohr. Irgendwann kann ich mich nicht mehr beherrschen und knabbere an Deinem Ohr.

Die ersten Gäste am Tresen beobachten unser Spiel.

Ich lege meine freie Hand in Deinen Schoß, spüre deutlich die Wölbung Deiner Jeans. Da ist jemand, der möchte befreit werden, aber hier in der Bar ist das wohl kaum möglich.

Ich überlege, wie ich Dich hier rauslocken kann. Zu mir oder zu Dir – das ist mir egal. Hauptsache, wir können uns endlich ausziehen, unsere Körper erforschen, und uns gegenseitig verwöhnen.

Deine Hand wandert von meinem Po nach unten. Du kitzelst kurz meine Kniekehlen. Dann streichst Du langsam über meine Oberschenkel nach oben. Diesmal bist Du mutiger: Deine Hand bleibt auf meiner Haut, als Du den Rocksaum erreichst. Unendlich langsam folgst Du meiner nackten Haut nach oben, bis …

Ich sehe Dein überraschtes Gesicht, als Du merkst, dass ich nichts, aber auch gar nichts unter dem Rock trage.

Grinsend nicke ich Dir zu, damit Du weitermachst.

Neugierig tasten Deine Finger jeden Zentimeter meiner Haut ab, während Du versuchst, ein unbeteiligtes Gesicht zu machen. Ich schiele auf Deine Hose und sehe, dass da jemand aus seinem Gefängnis raus will und mitspielen möchte.

Als Du überraschend Deinen Finger tief in meine Höhle schiebst, ist es fast um meine Beherrschung geschehen: Ich stöhne leise auf, hoffe, dass es wegen der lauten Musik niemand gehört hat. Langsam lasse ich mein Becken kreisen, reite Deinen Finger.

Plötzlich ziehst Du den Finger zurück, schnupperst daran, leckst ihn dann genüsslich ab und schaust auf die Uhr.

„Es ist schon spät", sagst Du laut und für alle hörbar. „Ich muss morgen früh raus. Aber ich sollte Dich vorher noch schnell nach Hause bringen, damit Du für den kurzen Weg kein Taxi nehmen musst …"

Dabei lächelst Du mich verheißungsvoll an.

Ich verlasse zusammen mit Dir die Bar und frage mich, was Du in dieser Nacht noch alles mit mir anstellen wirst.

Ich hätte da Ideen …

Bildungsurlaub

Ich teile mir grad den Schlafsaal mit sieben anderen Frauen und stelle mir grad vor, was ich mit Dir anstellen würde, wenn Du jetzt hier wärst.

Ich würde Dich in aller Ruhe ausziehen und Dich überall küssen. Dann ihn mit der Hand massieren, bis er steht.

Und dann blasen, bis Du mir in den Mund spritzt. Es sei denn, Du möchtest mich vorher noch von hinten nehmen …

Schlaf schön und träum süß!

Es ist heiß. Du kannst kaum schlafen, weil die Klimaanlage im Hotel nicht funktioniert, wälzt Dich in Deinem Hotelbett hin und her und schläfst irgendwann ein.

Stell Dir vor, Du erwachst, weil Du kühle Hände auf Deiner Haut spürst. Sie massieren Deinen Rücken, der sich langsam entspannt. Du glaubst zu träumen. Dann öffnest Du doch die Augen und siehst mich …

Lilly Block

Lilly Block lebt und arbeitet in Nordfriesland. Seit 2008 schreibt sie erotische Geschichten.

Am liebsten sitzt sie beim Schreiben in einem Café am Hafen oder am Meer.

2013 veröffentlichte ihre ersten Geschichten auf Plattdeutsch. Ihre Bücher sind zum Teil zweisprachig, damit Interessierte lesen können, wie sich Erotik op Platt anhört.

Kontakt: post.an@lilly-block.de